作廬韻語

張頷

山西出版傳媒集團
三晉出版社

張頷先生近照

今日收到英國劍橋國際傳記中心寄來《國際傳記辭典》（第二十三卷）。本人傳記辭条刊于第七一八頁。因有所感：

「小學文憑老朽材，略餘心火爇殘灰，古稀堂獲飛蝇譽，無補河汾搕㩜堆。」

一九九五年一月十七日，七十五叟張頷記

序言

張頷先生是著名的古文字學家、考古學家，他的專業成就與貢獻早爲海内外的公衆所敬重，《作廬韻語》則讓我們看到他的另一面，他的才情、靈性、素養，以及偏好、交游等等，看到了他豐富的精神世界。

詩文創作對張頷先生來説，應是「餘事」。但他所涉足的詩文範圍很廣，有詩歌、小品、筆記、雜感、碑銘、序言、題跋、聯語等，合二百餘篇，爲數亦夥矣。他勇於創新，每一種體裁都没有固定樣式，似乎隨心所欲，但又分明合於大的規制。即以詩歌而言，既有傳統的七古，更多的是雜體詩，也不乏自己的創造，不拘於格律，而又富有詩意，直抒胸臆，別具一格。

作者畢竟是大學者，文史根基深厚，又整天沉浸在傳統文化之中，因此他的一部分創作，特別是一些有關文物或文史材料的題跋，或重於考證，或有所質疑，或意在商榷，或別有新解，都言之有物，有理有據，俱見學養功力，亦可視爲學術小品。

與這些大雅的內容相比，還有一些可視爲大俗的作品。這突出體現在聯語中，即用大量俗語入聯，又引經據典，説明其來歷的久遠，頗有趣味。更多的是雅俗結合，往往妙趣橫生，令人解頤。

惜墨如金是張頷先生詩文的特點。其作品多爲短章小制，文字極爲簡約，足見錘煉的功夫。

詩文最能體現作者的個性。對不學無術的諷刺，對社會醜惡現象的鞭撻，顯示著張頷先生分明的愛憎，熱烈的好惡。而他慣有的幽默與達觀，也躍然紙上。更讓人感佩的是他的真誠，他的實事求是，他對同行、對師長的尊重。

張頜先生又是著名的書法家、篆刻家，蜚聲藝壇。今年五月，我曾寫過一首詩，對他的成就表示祝賀：「河汾風雨老，張子思猶遒。履屐留三晉，盟書著九州。詩文須鐵板，篆刻見銀鈎。魯殿靈光在，江山期俊流。」

學問家的張頜與文藝家的張頜，是一個人不可分割的兩個方面，把這兩方面都了解了，纔能説真正懂得了張頜。因此，我鄭重地向讀者推薦《作廬韻語》，相信大家能從中受到教益，也能真正領略張頜先生的風采。

中華詩詞學會會長　鄭欣淼

二〇一一年九月二日

書前贅語

三十年前为頷老作過一篇傳文，側重著筆於先生的學術成果評述，未能就其日常生活情趣風貌加以勾勒，引為憾事。二〇〇六年元旦，中央電視臺「大家」欄目報道了頷老治學的業績，一夜之間仿佛發掘出新出土的珍貴文物，使先生名揚海內外，聲價大增。二〇一〇年，學兄韓石山先生以其生花妙筆推出大著《張頷傳》，由三晉出版社出版，翔實描寫頷老的生平業績、聲容笑貌，文字傳神，使讀者如見其人。這回三晉出版社又決定出版頷老的《作廬韻語》，頷老命余作序，這不免讓我躊躇為難。試想，前有「大家」欄目的現場影像，后有韓傳的切近渲染，以余之拙筆再作文字，豈非招「日月既出，爝火不息」之譏乎？

然而，以余師事頌老三十年之久，受益之深、沾溉之多，亦頗有難以盡言者。既受命矣，辭之不恭。忽焉思及所謂作序事，頌老自受此厄本末，亦可縷序一二，俾讀者有所感焉。

一是一九八〇年頌老為《中山王礜器文字編》一書作序文。名曰序文，實為一篇洋洋近萬字的學術論文。時值山西學術界評選優秀成果，頌老即聞命呈送參評。不料評審者一語斷案：「此為序言，不合論文要求，撤去！」頌老知之，笑曰：「只一『序』字，即遭否棄，夫復何言！」余亦深訝：如此無知之人，何以竟主學術評審？誠可謂買櫝還珠、看朱成碧！你奈他何！豈不知梁任公有名著《清代學術概論》，原係為某學者著述所作序文，只因文長，下筆不能自休，乃終另成一書單行於世者。何以序文便不能作論文，有是理乎？

二是二〇〇四年，侯馬市有請頡老為其晉國文化作賦。頡老學術研究受惠於侯馬考古發掘頗多，不便辭卻，便耗神數日，作一大文，自覺文采可觀，可以復命矣。惟以古人作賦，尚有定格，而己作未必中式。一日就問余，何以命題，余率然對曰：「何妨題為《侯馬序》，君不聞王子安有《滕王閣序》乎？仿其例可也。」頡老曰：「善！」不料，越若干日，余問及此序下落，頡老曰：「回信言，此文不合格，已廢矣！」余復又深訝：王子安千古名文，既蒙題序，何獨今張序便遭棄置？然余按張序，以區區兩千言，鋪敘晉國六百年間事，提綱挈領，不枝不蔓，有典有則，言有據而詞華彩，意蘊深而鑒戒彰，是有益世道人心、弘揚文化之鴻篇，奈何見斥於俗世、埋沒於塵紛者乎？

序猶如此，詩何以堪？然文人積習，磐石難轉。頷老年高自放，寡交遊而學文化，寄情學術，一如往昔，詩聯雋句，游戲筆墨而已。雖然，亦有可說者在。一可窺見長者猶抱童心，滑稽突梯，片言解頤，又屢用方言俗語，親切生動，所謂鳶飛魚躍，活潑潑地，自是長壽之徵。二可察見長者非不食人間煙火，國計民生、世情政風，在在關心。每一命筆，刺貪刺虐，入木三分，寄托遙深，見於言外。三可明見長者情懷，敦於友情，加勉後學，殷殷企盼，樂觀有成，所謂藹然仁者之心，溢於言表。古人立德、立功、立言之三不朽，頷老有焉。

鑒於前車，不敢輕言作序，贅語而已。

降大任

二〇一二年七月三十一日

目録

序言……（一）

書前贅語……（一）

詩歌

侯馬出土陶範歌並序……（三）

游華清池……（六）

在陽高縣上陽和臺……（七）

有感……（八）

楊妃墓訪碑未得……（九）

宿孔府觀文物有感……（一〇）

題師延齡手抄《非水舟詩集》……（一二）

僚戈歌並序——獻給容老九秩榮慶……（一三）
題景德鎮毛主席語録瓷杯……（一八）
返介休參加老同志座談會述懷……（一八）
向友人乞得片羽並序……（一九）
贊鄭林同志書法……（二一）
打蚊詩……（二二）
讀「某園吟稿」中為富商祝壽詩感作……（二二）
酒詩……（二三）
飲汾酒即事……（二四）
汾州酒都吟……（二五）
讀友人遠函（寄友人）……（二七）
三晉大廈中秋詩詞茶話會三首……（二八）
秋蟹……（三〇）
為杏花村酒廠擬投壺辭二首……（三一）

天龍山蟠龍松贊……（三二）
觀廬山仙人洞……（三三）
十月……（三四）
戊辰布筵……（三四）
老驥伏櫪歌……（三五）
吃喝風……（三六）
題炳璜先生畫《懸崖君子蘭圖》……（三七）
馬年戲作十二韻……（三八）
贊老馬……（四〇）
馬年自喻……（四一）
題塑料君子蘭盆景……（四一）
攜兒孫同遊永樂宮二首……（四二）
庚午夏日品嘗川味小吃賴湯圓、龍抄手諸目……（四三）
觀汾州酒都碑廊……（四四）

辛未夏日來杏花村……（四五）
版築易字二首……（四六）
自度……（四七）
山西文物精華在北京展出……（四八）
「老人林」碑贊……（四九）
《山西遺存七帝王書法石刻》序……（五〇）
無題……（五一）
不虞之譽……（五三）
自題照……（五四）
譬喻十章（仿《西江月》）……（五五）
同志……（六〇）
自況……（六一）
乙亥布筮……（六二）
題林鵬著《咸陽宮》……（六二）

楓橋晝立……（六三）
擬楓橋夜泊……（六四）
氛圍（仿六朝上樑詞體「兒郎偉」）……（六五）
為思泊先生誕辰一百周年學術研討會作……（六七）
難老泉聲……（六八）
賀香港回歸並祭小平同志……（六九）
贊雙塔寺明植紫牡丹……（七〇）
己卯布筵……（七一）
兔年……（七二）
二堆骨相……（七三）
建國五十周年感作……（七四）
生活篇·八十自敍……（七四）
溜體自嘲……（七五）
以古樂府五雜俎詞體用古今韻通轉例擬作十首……（七六）

汾汻宿舍銘……（七八）
讀司馬溫公《故絳城》詩……（七九）
馬年贊……（八一）
思壽平先生……（八二）
題《檮杌圖》……（八四）
錫永先達百壽紀念……（八五）
自題須灰泥塑像……（八六）
補地工程……（八七）
懷念健民同志……（八八）
敬賀姚老九秩榮慶……（八九）
八十七歲忝膺「大家」徽號有感……（九〇）
為《中國家庭基本藏書》（修訂版）題詞……（九一）
題趙國柱書《心經長卷》……（九二）
九十自叙……（九三）

敬賀姚老百壽榮慶……（九三）
答友人問……（九四）
綿山贊……（九五）
為某人擬蔣士銓《臨川夢》出場詩意……（九五）
水既生同志喬遷新居雅會……（九六）
題張澍文《墨竹》……（九七）
花貓……（九七）
題與林鵬、降大三人照……（九八）
題明代賀蘭山石硯……（九八）
山東聊城傅斯年先生陳列館……（九九）
讀「李白斗酒詩百篇」作……（一〇〇）
邪門圖……（一〇〇）
無題……（一〇一）
春節遊藝會作……（一〇一）

贊衛老……（一〇二）
《東園公記》讀後……（一〇三）
為衛老子英先生所書「書城有樂」四字作贊……（一〇三）
汾酒贊詞……（一〇四）
題林鵬兄書卷……（一〇四）
無題……（一〇五）

聯語

一……（一〇九）
二……（一〇九）
三……（一一〇）
四……（一一一）
五……（一一二）
六……（一一二）

七……（一一三）
八……（一一四）
九……（一一四）
十……（一一五）
十一……（一一六）
十二……（一一六）
十三……（一一七）
十四……（一一八）
十五……（一一八）
十六……（一一九）
十七……（一一九）
十八……（一二〇）
十九……（一二一）
二十……（一二一）

二十一……（一二二）
二十二……（一二三）
二十三……（一二三）
二十四……（一二四）
二十五……（一二四）
二十六……（一二五）
二十七……（一二五）
二十八……（一二六）
二十九……（一二六）
三十……（一二七）
三十一……（一二八）
三十二……（一二九）
三十三……（一三〇）
三十四……（一三一）

三十五……（一三一）
三十六……（一三二）
三十七……（一三二）
三十八……（一三三）
三十九……（一三三）
四十……（一三四）
四十一……（一三四）
四十二……（一三五）
四十三……（一三五）
四十四……（一三六）
四十五……（一三六）
四十六……（一三七）
四十七……（一三七）
四十八……（一三八）

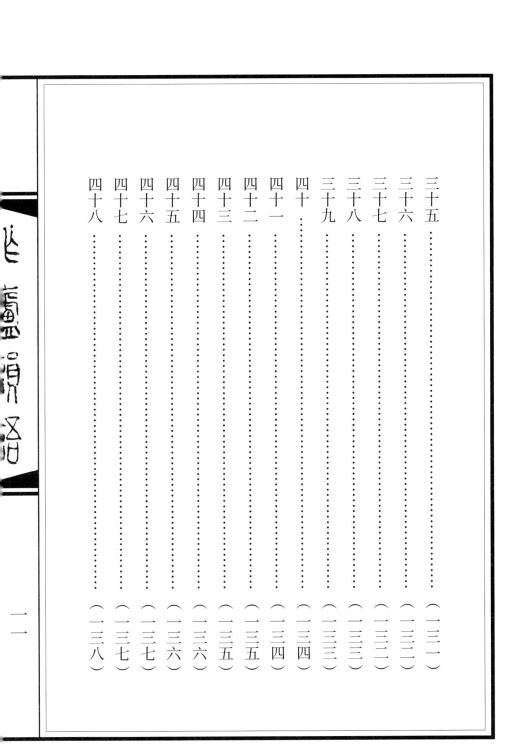

四十九……（一三九）
五十……（一三九）
五十一……（一四〇）
五十二……（一四〇）
五十三……（一四一）
五十四……（一四一）

附録

新田序……（一四五）
後記……（一四八）

詩歌

侯馬出土陶範歌〔一〕　並序

一九六一年，山西侯馬東周遺址為全國考古發掘之重點，發現有東周古城址以及當時手工業作坊遺跡。出土鑄造銅器陶範三萬餘塊，其中帶有花紋的一萬餘塊，可以識別出器形的一千塊左右。花紋精緻，別具一格，綯索紋的運用非常廣泛，夔龍、鳳紋飾突出，鱗甲遍體，羽翼生風，爪牙畢露，相互吞噬，可以看出東周時期晉國所鑄造的銅器具有特殊的風格。這些陶範的出土，實有助於對山西地區古代史的研究。詩成六韻，以誌其事。

侯馬晉國之新田〔二〕，而今回首三千年。
古城臺殿為瓦礫，霸業蕭條絕可憐。
近來遺址多發掘，陶範萬千出坑穴。

花紋雕鏤奪天工，鬼神奔呼驚欲絕。
雷馳電掣天公怒，爪牙搏噬龍螭鬥。
盤旋纏糾解不開，解開反覺神豐瘦。
翩翩鸞鳳下蓬萊，翎羽繽紛五色開。
脅生錦翼飛鼉黽，項戴金練伏夔虺〔三〕。
構思變幻欺造化，別開蹊徑出心裁。
人形體勢各殊異，舉手鵠立或長跪。
僮豎裋褐無裳裾，下士腰中服劍匕〔四〕。
晉家公室總奢靡，庶人工牧供馳驅〔五〕。
臺高雷霍干雲漢〔六〕，宮連汾澮鎖虒祁〔七〕。
民逃公命如避寇，空教嬰肸相欷歔〔八〕。

強使百工窮技藝，藻飾鐘鎛與鼎彝。

【註釋】

〔一〕此詩作於一九六二年五月。

〔二〕《左傳·成王六年》載，晉國晚期都城「新田」即在今汾澮之間三角地帶，正是現在的山西省侯馬市。

〔三〕陶範花紋中有的蟠夔、蟠虺生有羽翼，有的帶有項圈。

〔四〕陶範中有人形作長跪象，腰中有短劍，身長於劍柄僅三倍。據《考工記》云：「劍身長三其莖長……謂之下制，下士服之。」

〔五〕庶人、工、商、圉、牧為當時晉國等級中之下者。見《左傳·襄公十四年》師曠語及《左傳·桓公二年》師服語。

〔六〕晉平公時曾築絳臺。雷、霍指雷首山與霍山。

〔七〕《左傳·昭公八年》載，晉平公築虒祁之宮。今侯馬有虒祁村，地當汾、澮二河之間。

〔八〕「嬰」為齊國晏嬰，「肸」為晉國羊舌肸（叔向）。《左傳·昭公三年》載，二人私語時有「民聞公命，如逃寇仇」之語。

游華清池〔一〕

一九六三年在西安參加全國文物工作會議期間，參觀華清池時應邀題詞。

我來驪山下，喜見華清池。
今浴勞人德〔二〕，不洗楊妃脂。

【註釋】

〔一〕此詩作於一九六三年五月。

〔二〕《禮記·儒行》：「儒有澡身而浴德。」

在陽高縣上陽和臺〔一〕

陽和臺，倚雲垓，管領甲兵鎮邊隈。
二百年前高崔巍，余今訪古驅車來。
關山茫茫瓦礫堆，羌笛不聞起塵埃，
於今樂見人顏開。

【註釋】

〔一〕此詩作於一九六三年八月十六日。

有感〔一〕

彫謝韶華歲月除，皇天生我欲何如？
十年浩劫余幸在〔二〕，待罪侯馬繹盟書。

【註釋】

〔一〕一九七三年七月，余始出「牛棚」，恢復了黨籍和職務。八月二十二日，「侯馬盟書」綜合整理、研究工作開始，作此詩以抒懷。

〔二〕此句一作「慘經十年浩劫後」。

楊妃墓訪碑未得〔一〕

一九七九年參加中國考古學會成立大會期間，與于省吾、胡厚宣、張政烺、趙誠諸同志到周原參觀西周甲骨文字及史牆盤時，途經興平縣馬嵬公社。余早擬探索楊妃墓歷代碑碣情況，中途下車，適看管陵園人他往，門鎖未開。僅見陵園門首有邵力子先生所題「唐楊氏貴妃之墓」七字門額。

驅車馬嵬驛，陵園門未開〔二〕。
他年春草緑，或當再番來。

【註釋】

〔一〕此詩作於一九七九年四月。

〔二〕此二句一作：「回車馬嵬驛，楊妃門不開。」

宿孔府觀文物有感〔一〕

一九七九年十月，因搜集古文字資料途徑濟南，過兗州，入曲阜，遂宿孔府紅萼軒，觀文物有感。

孔子未入晉，余今過魯來。
衍府一棲止〔二〕，闕里幾徘徊。
檜柢知寒暑〔三〕，杏壇感盛衰〔四〕。
輕薄妄評説〔五〕，大抵俱土灰。

烏鳥趨林集，空軒向暮開。
瞥眼中天近，營室復南迴〔六〕。
鬢斑三秋迫，體弱四凶摧〔七〕。
登攀須黽勉，盡我有限材。

【註釋】

〔一〕此詩一九七九年十月二十一日作於孔府紅萼軒。

〔二〕衍府：衍聖公府，即孔府。

〔三〕檜：樹名，傳説為孔子手植。

〔四〕杏壇：孔子講學處。

〔五〕妄説：指「文革」時批孔之論。

〔六〕營室：星宿名，即室宿。當時黃昏，室宿二星（包括離宮六星）南中。

〔七〕四凶：指「四人幫」。

題師延齡手抄《非水舟詩集》〔一〕

吾鄉師延齡同志以其手抄介休康熙間文士梁錫珩先生所著《非水舟詩集》見示，並索題詞。余披覽再次，覺詩字具臻佳妙，遂賦以酬。

非水舟遺絕唱辭，師君走筆騰夔虺。
兩間時隔三百載，斯文直可相攀隨。
勝水流膏長日夜〔二〕，綿山舉翠疊參差。
桑梓輩有人才出，後生往往逼先耆。
奮志慇懃窮典籍，金石刻畫皆能為。
反躬自問多自愧，此生碌碌空無奇。

折齒孺子甘俯首，平教霜雪老鬚眉〔三〕。

【註釋】

〔一〕此詩作於一九八一年十一月。

〔二〕勝水：指介休洪山源神池泉水，位於介休城東南十二公里的狐岐山麓。酈道元《水經注》曰：「勝水出於狐岐山，東流入汾。」故洪山源泉又稱「勝水」，為介休舊志所載十景之一的「勝水流清」。

〔三〕此二句一作「安為孺子折齒盡，霜華取次入鬚眉」。

僚戈歌 並序

——獻給容老九秩榮慶〔一〕

一九五八年，山西省萬榮縣后土廟古脽上出土錯金鳥書銘文銅戈一雙。當時余釋其鳥書為「王子于之用戈」六字，並考證其為吳王僚之器。容老於一九六四年撰成有關鳥書文字器物之綜合著作《鳥書考》，遂將此戈收列為吳國四器之一。一九八二年六月，余接中國古文字研究會及中華書局函，署云：「明年值容希白（庚）先生九十壽辰，除中山大學將為先生舉行慶祝活動外，中華書局所編之《古文字研究》將出版專輯。海內外專家學者于先生或具友朋之雅，或為師弟之誼，海屋添籌，早懷此心。巨制鴻篇，當宜賜教」云云。領以後學，謹作詩上壽。

魏脽之土濱黃河〔二〕，聳如削壁高嵯峨，
堨來二千五百歲，朝朝暮暮黃水波。
戊戌深冬日南至〔三〕，古塚搰出雙銅戈。
斑痕點點凝寒霰，刃鋒不鈍發硎磨〔四〕。
奇篆鳥書黃金錯，倉頡史籀難遮羅。
但見鴻鵠振羽翼，似聞鸑鷟鳴枝柯〔五〕。

我幸有會釋奇字，王僚之名無差訛〔六〕。
吳晉邦交融水乳，直是葭莩雜蔦蘿〔七〕。
乘車之盟兵車會，往來星使相馳梭。
館娃宮圮延陵徙〔八〕，便有宗物遷滹沱〔九〕。
三晉水土沉埋廣，吉金所獲吳偏多。
「夫差御鑑」「闔閭劍」，皆出代州荒山阿〔一〇〕。
于茲更有僚戈見，足徵史載不偏頗。
東莞鉅公名當世，鐘鼎甲骨精摩挲。
淋漓大筆《鳥書考》〔一一〕，巨細不使鉏漏過。
對此僚戈當不棄，置諸吳器第一科。
回首浩劫十年亂，風雨南北同漩渦。

時逢嘉安國運轉，仁壽得以養天和，
欣聞容翁慶九秩，數千里外踏長歌。

【註釋】

〔一〕容庚，字希白，廣東東莞人，著名古文字學家，生前為中山大學教授。

〔二〕魏脽：古地名，亦稱脽上，為戰國時魏國早期墓葬區，在今山西省萬榮縣后土廟一帶，地當黃河東岸。

〔三〕一九五八年冬至前後發掘得此雙戈。

〔四〕《莊子·養生主》：「刀刃若新發於硎。」硎：磨石。

〔五〕鸑鷟：古書上說的一種水鳥。《國語·周語上》：「周之興也，鸑鷟鳴於岐山。」韋昭註：「三君云：鸑鷟，鳳之別名也。」《說文解字》：「鸑鷟，鳳屬，神鳥也。」段玉裁註：「此言江中鸑鷟，別是一物，非神鳥。或許所記，或後人所增，不可定也。」

〔六〕吳王僚亦名「州于」，「于」為單稱之字，「王子于戈」為吳王僚做王子時所造。

〔七〕葭莩：蘆葦稈內的薄膜，比喻關係極其疏遠。蔦蘿：又名密蘿松。《詩經》云：「蔦為女蘿，施於松柏」，比喻兄弟親戚相互依附。

〔八〕吳國被越國滅後，吳延陵季子之裔胄逃入晉國為仕者甚多。直到西漢時，代郡尚保有延陵縣之建置。館娃：吳宮名。

〔九〕「滹沱」即「亞駝」，「滹沱」、「惡池」為晉國之望。《禮記·禮器》：「晉人將有事於河，必先有事於惡池。」「滹沱」為今之滹沱河。

〔一〇〕「吳王夫差鑑」於清光緒年間出土於山西代縣蒙王村，「吳王闔閭劍（攻敔王光自作用劍）」於一九六三年出土於山西原平縣峙峪村，上述兩地原屬代州。

〔一一〕容老於一九三四年作《鳥書考》，一九三五年作《鳥書考補正》，一九三八年作《鳥書三考》。容老於一九六四年匯以新資料綜合寫成《鳥書考》，發表於《中山大學學報（社會科學版）》一九六四年第一期。

題景德鎮毛主席語録瓷杯

景德瓷，白玉姿，老三篇，節為辭。
余今藏之懷長思，鬼神許能呵護之。
二百年後見者奇，貴埒連城兮可預期。

返介休參加老同志座談會述懷（二）

蓬轉風飄五十年，鄉情空許夢迴旋。
歸來喜見繁昌景，勝水綿山別有天。

【註釋】

〔一〕此詩一九八三年三月作於介休。

向友人乞得片羽〔一〕 並序

一九六九年，余在「牛棚」見阜東同志身著花布綠衫，上有白色圖案為「槍杆子、筆杆子、印把子」三物所組成。當時余亦有感慨。「十年浩劫」後，余身幸在，國運嘉興。復念及此，遂向阜東搜羅原衣裁剪邊腳餘料，經翻箱倒櫃，竟有所獲。此片羽可為一代文物，其反映某一時期的時代特點，實為典型。余乃裝裱成幀，作詩以誌。

阜東友好足清才，辛苦逶迤不得志。
飄搖風雨十年劫，落難同在「牛棚」裏。

低眉強顏著輕裝，芳草萋萋緑衫子。
上有花紋出新奇，生面別開誰設計？
「印把」、「筆杆」與「槍杆」，一代興衰留圖志。
於茲國運轉為安，烽火「文革」今已矣。
天生余性好搜求，鉤沉探微發深義。
黃花明日皆文物，多見痼蕕雜芳芷。
惠然肯贈翡翠絁，何以報之數行字。

【註釋】

〔一〕此詩作於一九八三年四月十五日。

贊鄭林同志書法〔一〕

鄭公為書，古樸渾厚。
斬釘截鐵，勁中藏秀。
曰方曰圓，有骨有肉。
瞻之在前，忽焉在後。
人書尊老，養頤多壽。

【註釋】

〔一〕一九八三年五月，此詩發表於《山西政協》第二十三期。鄭林，曾任山西省常務副省長，山西省政協主席，第一屆山西省書協主席。

打蚊詩〔一〕

昨夜蚊入帳，開燈消滅之。
折衝費時刻，今日起床遲。

【註釋】

〔一〕此詩作於一九八三年七月。

讀「某園吟稿」中為富商祝壽詩感作〔一〕

壽翁賈某足金錢，便有文人幫大閑。

無端頌作蟠桃句，婉轉恭維忒可憐。

【註釋】

〔一〕此詩一九八三年作於介休。

酒詩〔一〕

寒食紛紛雨，行人腸斷時。
前村三勒店，杏花滿芳枝。

【註釋】

〔一〕此詩作於一九八四年五月二十一日。

飲汾酒即事〔一〕

河東鶴觴飛新羽〔二〕，鄴下汾清酌舊醅〔三〕。
借問牧童遙指處，杏花能見幾時開。

【註釋】

〔一〕此詩作於一九八四年五月二十一日。

〔二〕鶴觴：北魏楊衒之《洛陽伽藍記》：「河東劉白墮善釀……飲之香美，朝貴相餉踰於千里，以其遠至號曰鶴觴。」飛羽：古酒器有耳杯名曰羽觴。李白《春夜宴桃李園序》「開瓊筵以坐花，飛羽觴而醉月」。

〔三〕《北史》載，齊武成帝在晉陽手敕河王孝瑜曰：「吾飲汾清三杯，勸汝於鄴酌兩杯。」

汾州酒都吟〔一〕

好雨其霖〔二〕夏月初，臨窗檢校古泉書〔三〕。
杏花村裏佳醪熟，門前迎有西河車〔四〕。
高陽酒徒〔五〕奔麴糵，捧罍將不知其餘〔六〕。
主人慇懃客酣暢，蟾宫明水滿方諸〔七〕。
河東鶴觴〔八〕天下冠，鄴中汾清〔九〕百世譽。
金牌蟬聯三獲獎〔一〇〕，一賽能徠萬國醵〔一一〕。
牧童當年遥指處，今朝可建酒都旟〔一二〕。

【註釋】

〔一〕此詩作於一九八四年七月。

〔二〕好雨其霖，時澤潤也。

〔三〕檢校古泉書，謂剪輯古泉幣文之書。「檢校」，一作「剪輯」。

〔四〕西河車，言汾陽來車。今汾陽，唐西河縣也。

〔五〕高陽酒徒：漢酈食其自稱「高陽酒徒」。

〔六〕晉代劉伶《酒德頌》：「唯酒是務，焉知其餘」。

〔七〕蟾宮，謂月也。明水，月之精也。方諸，取明水之器。

〔八〕河東鶴觴：古河東白墮酒，亦名鶴觴。

〔九〕汾清：汾酒名。鄴下酌汾清，見《北史》齊武成帝手敕書。

〔一〇〕金牌三獲，謂汾酒在近廿年評酒會上連得三枚金牌。

〔一一〕「一賽」句，指汾酒在一九一九年巴拿馬萬國博覽會上獲一等金質獎。

醲，會飲也。

〔一二〕《春秋穀梁傳·僖公十六年》：「民所聚曰都」。建旗，樹旌奮衆以進也。

「建旗」事見《詩經·鄘風·干旄》。

讀友人遠函（寄友人）〔一〕

時聞華亭黃鶴唳，喜讀雲間尺素書。
嬋娟許明千里共，紫壺緑酒得相與。

【註釋】

〔一〕此詩初作於一九八五年五月三日，是年冬修改。前二句一作：「常聞雲間黃鶴唳，喜讀華亭尺素書。」

三晉大廈中秋詩詞茶話會二首〔一〕

一

三晉宏籌廣廈開，尋思易水染金臺〔二〕。
風流不在娘關外，著眼汾河兩岸來。

二

大廈連雲疊素秋，詩騰雅韻泛金甌。
不同情緒子安閣〔三〕，殊異胸襟王粲樓〔四〕。

三

時光正是今日好，況遇國慶兼中秋〔五〕。
興來不論詩詞溜〔六〕，海闊天空信口謅。

【註釋】

〔一〕這三首詩作於一九八五年九月。

〔二〕據史載，春秋時燕昭王於易水築「黃金臺」，以召天下士。

〔三〕王勃，字子安，唐初著名詩人。其代表作有《滕王閣序》。

〔四〕王粲，字仲宣，東漢末年著名文學家。其代表作有《登樓賦》。

〔五〕一九八五年國慶日是農曆八月十七。

〔六〕溜者，順口溜也。

秋蟹〔一〕

此物慣橫行，秋來發青紫。
得意總忘形，欲騰江河水。
趾鋭善攀勾，介厚誠隔恥。
嗟彼噓沫徒，儼然登龍子。

【註釋】

〔一〕此詩作於一九八五年九月。

為杏花村酒廠擬投壺辭二首〔一〕

一

有泉如濆，有酒如汾。
吉人中之，達天下聞。

二

汾水盤漩，汾酒如泉。
吉人中之，眉壽引年。

【註釋】

〔一〕此詩作於一九八六年五月三日。

天龍山蟠龍松贊〔一〕

矯矯天龍，鬱鬱盤松。
鍾靈川嶽，亘古時雍。

【註釋】

〔一〕此詩作於一九八六年六月。

觀廬山仙人洞〔一〕

廬山真面竟何如，橫嶺側峯險覆車。
仙洞風光深叵測，將軍敢上萬言書〔二〕。

【註釋】

〔一〕此詩作於一九八六年十一月。

〔二〕一九五九年七月，在廬山召開的政治局擴大會議上，彭德懷給毛澤東主席寫了一封信（被稱為「萬言書」），陳述了他對一九五八年以來「左」傾錯誤及其經驗教訓的意見，被打成右傾機會主義者。

十月〔一〕

十月歸從江之湄，故人珍惜別離時。
惠然遺我清涼扇，託付晨昏輾轉思。

【註釋】

〔一〕此詩作於一九八六年十一月，當時赴南昌參加中國錢幣學會年會。

戊辰布筮〔一〕

新正三日，露蓍布筮。

遇遁之旅，嘉焉貞吉。

【註釋】

〔一〕此詩作於一九八八年正月。

老驥伏櫪歌〔一〕

緑耳困頹櫪，壯心顧早灰。
太行鹽車戹，徒放一聲哀。

【註釋】

〔一〕此詩作於一九八八年七月二十一日。

吃喝風〔一〕

食客三千萬，堪為孟嘗憂〔二〕。
觥籌虧日月，饕餮逐珍饈。

【註釋】

〔一〕此詩作於一九八八年夏。

〔二〕「戰國四公子」之一的田文（孟嘗君）廣羅人才，其家「賓客日進，名聲聞於諸侯」，天下之士紛紛來歸，以至達到「食客三千人」。

題炳璜先生畫《懸崖君子蘭圖》〔一〕

李老先生真君子，下筆清泠湍秋水，
不屑東冠王謝堂〔二〕，洪崖高蹈空山裏〔三〕。

【註釋】

〔一〕此詩作於一九九〇年春。李炳璜，著名畫家。
〔二〕王謝，東晉時王導、謝安兩大家族的並稱。
〔三〕洪崖，亦作「洪厓」、「洪涯」，傳説中的仙人名。

馬年戲作十二韻〔一〕

歲紀常逢馬，憾無伯樂年。
時風輕汗血〔二〕，世路重錢權。
藍關擁白雪〔三〕，章臺籠暮煙〔四〕。
當臚困組轡，腹下受長鞭。
驚心炮轟後，奮蹄卒礙前。
軛挽鹽車重，瀝汁太行巔〔五〕。
風雨十年劫，危崖百丈懸。
後生勿瞻首，老眼識途偏。

伏櫪空懷志，離休釋仔肩。
憂樂聽天下，匹夫敢後先。
有書堪醫昧，無病勝閒仙。
冲虛修澹泊，屏除俗累牽。

【註釋】

〔一〕此詩作於庚午（一九九〇年）春日。

〔二〕《史記·大宛列傳》：「西域多善馬，馬汗血，其先天馬子也。」汗血：指汗血寶馬。

〔三〕藍關：關名。在今陝西省藍田縣東南。韓愈有詩曰：「雲橫秦嶺家何在？雪擁藍關馬不前。」

〔四〕章臺：漢時長安城有章臺街，是歌妓聚居之所。

〔五〕《戰國策·楚策四》：「夫驥之齒至矣，服鹽車而上太行，蹄申膝折，尾湛胕潰，漉汁灑地，白汗交流。……」後以「驥伏鹽車」比喻人才得不到好的待遇，處境困厄。

贊老馬〔一〕

「天下無洪」可〔二〕，騠蹄不可無。
首瞻明前道，老眼不糊塗。

【註釋】

〔一〕此詩於庚午（一九九〇年）春日所作。

〔二〕曹操在戰場失馬，曹洪對操說：「天下可無洪，不可無君」，遂將乘馬讓給曹操騎。

馬年自喻〔一〕

常慮炮轟後，更懼卒礙前。
踩車患蹩腿，臥槽不沾邊。

【註釋】

〔一〕此詩於庚午（一九九〇年）春日所作。

題塑料君子蘭盆景〔一〕

君子豈容偽？華堂供雅陳。

主人具隻眼，認假不崇真。

【註釋】

〔一〕此詩作於一九九〇年春。

攜兒孫同遊永樂宮二首〔一〕

一

廿年未來永樂宮，頓見氣勢滿河東。
邯鄲夢醒黃粱熟，始信人工即化工。

二

十年風雨身康在，白髮三千我又來。
吳帶曹衣動心魄，馨香月季滿宮開。

【註釋】

〔一〕此詩作於一九九〇年五月二十二日。第一首又作：「廿載未來永樂宮，祖孫三代履河東。余今夢醒黃粱熟，不信神仙造化功。」

庚午夏日品嘗川味小吃賴湯圓、龍抄手諸目〔一〕

莫道湯圓賴，敢驅龍手抄。

品高三牲俎，味駕六丁庖。

【註釋】

〔一〕此詩作於一九九〇年夏。

觀汾州酒都碑廊〔一〕

平鋪郭老酒泉句〔二〕，清淡巴金好了歌〔三〕。

鍾馗欲倒方成醉〔四〕，驚人佳作何其多。

【註釋】

〔一〕此詩作於一九九一年七月。

〔二〕一九六五年十二月，郭沫若《訪杏花村》詩中有「杏花村裏酒如泉」句。
〔三〕一九六四年八月，巴金有「酒好人好工作好，參觀一回忘不了」之句。
〔四〕漫畫家方成畫有《醉鍾馗圖》。

辛未夏日來杏花村〔一〕（仿柏梁體）

乘興觸熱來西河，墜入汾州酒漩渦。
醝宫蘖殿皆歡和，寡人終日朱顔酡。

【註釋】

〔一〕此詩作於一九九一年七月。

版築易字二首〔一〕

有某書法家在傅巖傳說版築紀念地題有「坂築」之額，識者哂之，爰為詩曰：

一

書家訪古傅巖來〔二〕，得意揮毫氣壯哉。
妙筆生花題坂築〔三〕，遂教片木不成材。

二

神助靈犀一點來，騷人落筆意悠哉。
可憐往古風流盡，君是當今坂築材。

【註釋】

〔一〕此詩作於一九九一年夏。

〔二〕傅巖：古地名，在今山西平陸縣東，傳為殷相傳說當年版築之處。

〔三〕古今夯築皆用夾版，故曰版築。「版」字從片（或通「板」），不從土。

自度〔一〕

自度生平類蔑蒙，倏然輕拂蠟燈紅。
風春雨磑渾如夢，身在莊周蝶化中。

【註釋】

〔一〕此詩作於一九九一年夏。

山西文物精華在北京展出〔一〕

山右沉埋富，風流發異葩。
新奇足駭世，文彩動京華。

【註釋】

〔一〕一九九一年十一月二十日，「山西省文物精華展」在京開幕，余應邀出席開幕式並作此詩。

「老人林」碑贊

鬱鬱其林，灼灼其星。
老人建樹，流藻垂馨。
改革開放，與時維新。
勒此貞石，永彰典型。

【註釋】

〔一〕此贊詞作於一九九二年七月。

《山西遺存七帝王書法石刻》序〔一〕

俠公纂七帝王在山西之書法石刻一輯，將付剞劂，命為序。余莫敢當，謹載歌呈之。

俠公年高富精力，孜孜汲汲研碑刻。
三晉風流勒石多，蒐羅難使拋雞肋。
荒煙莽草杳悠悠，歲月消磨見殘蝕。
輯來七八帝王書，披沙揀金非輕得。
斯為獺祭綴遺篇，用觀舊典求曲直。
樸素一片鑒古心，豈容贅詞附雕飾。

【註釋】

〔一〕此詩作於一九九二年夏。劉舒俠編《山西遺存七帝王書法石刻》，一九九三年八月由山西人民出版社出版。劉舒俠，曾任山西省委宣傳部部長。

無題（步魯迅原韻試作）

回溯十年劫難時，蛛螯掛網密抽絲。
災罹黑煞魂出竅，兵構紅衛血染旗。
非刑苦煉荒唐獄，哀憤嘗吟絕命詩。
銳氣大傷元氣損，此身合著薜蘿衣。

【附言】

一九九二年翻譯家余振（即李毓珍）先生從上海來太原時，攜有他手抄的幾首現代名人之詩。第一首是早已膾炙人口，魯迅發表於《南腔北調集》悼念左聯五烈士所作的：「慣於長夜過春時，挈婦將雛鬢有絲。夢裏依稀慈母淚，城頭變幻大王旗。忍看朋輩成新鬼，怒向刀叢覓小詩。吟罷低眉無寫處，月光如水照緇衣。」第二首是郭沫若一九三七年由日本回國途中所作：「又當投筆請纓時，別婦拋雛斷藕絲。去國十年餘淚血，登舟三宿見旌旗。欣將殘骨埋諸夏，哭吐精誠賦此詩。四萬萬人齊蹈厲，同心同德一戎衣。」第三首為張元濟讀郭沫若詩後所和：「報國男兒肯後時，手揮慧劍斬情絲。孤懷猛擊中流楫，遠志徐搴旭日旗。甘冒網羅寧結舌，遍規袍澤更陳詩。慚余亦學深宵舞，起視星河淚滿衣。」第四首是胡風在獄中所作：「竟在囚房度歲時，奇冤如夢命如絲。空中悉索聽歸鳥，眼裏朦朧望聖旗。昨友今仇何取證？傾家負黨忍吟詩。廿年點滴成灰燼，俯首無言見黑衣。」此詩是余遵余振囑，勉強以「文革」倖存之身謅句而成。

不虞之譽〔一〕

五月三日，接英國劍橋世界名人傳記中心函稱，余之傳記將收入《世界傑出名人録》（第十六卷）及《世界傳記辭典》（第廿三卷）云。

浩劫余生老朽材，心思恬澹意沉灰。
可憐四海增虛譽，我本山西搕𢶍堆〔二〕。

【註釋】

〔一〕此詩作於一九九三年五月十八日。

〔二〕此詩一作：「小學文憑老朽材，了無心火爇殘灰。古稀坐獲蜚蠅譽，無補河汾搕𢶍堆。」

自題照〔一〕

曾著玄樓考，今來樓底遊。
盤桓柱下史，老杖且遲留。

【註釋】

〔一〕此詩作於一九九三年八月十一日。介休有玄神樓，余为作考。此樓在余旧家旁。

聾喻十章〔一〕（仿《西江月》）

一

任爾南腔北調，不煩暮鼓晨鐘，
天塌下來寂無聲，我自巍然不動。

【註釋】

〔一〕此十首詩作於一九九三年九月十五日。

二

有人聞雷掩耳，有人掩耳盜鈴。
我有兩耳失功能，只能架設眼鏡。

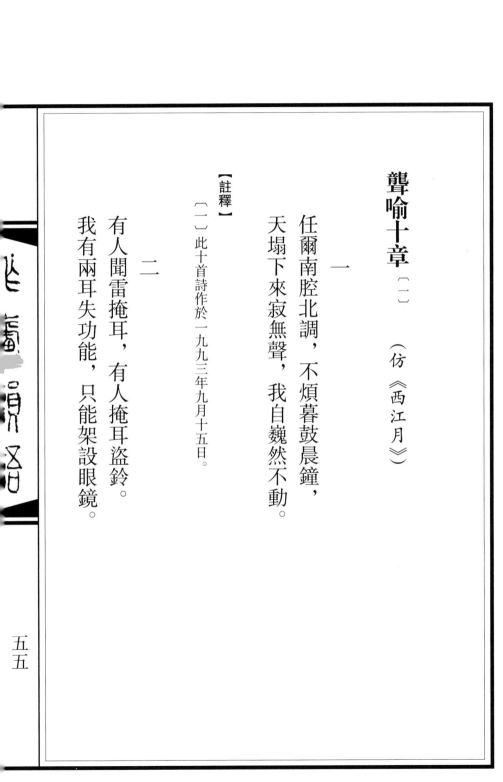

三

不怕小組批判，憑你大會鬥爭。
「刺刀見紅」勢來凶，對我不起作用。

四

東家神號鬼哭，西家狗叫雞鳴。
左鄰右舍亂洶洶，我家風平浪靜。

五

阿犖漁陽鼙鼓〔一〕，三郎夜雨霖鈴〔二〕。
高山流水伯牙琴〔三〕，容我擲諸虛牝〔四〕。

【註釋】

〔一〕安祿山為胡人，傳說是其母在軋山祭神後所生，初取名為「阿犖山」。「漁陽鼙鼓動地來」是白居易《長恨歌》中句，指安祿山反叛。公元七五五年，安祿山叛唐，自漁陽（今天津市薊縣附近）以十五萬之衆南下攻佔洛陽，於次年取長安，迫使玄宗奔蜀，至此唐朝由盛轉衰。

〔二〕三郎：指唐明皇李隆基，是唐睿宗李旦第三子，人稱李三郎。

〔三〕指春秋楚國琴師俞伯牙因彈「高山」、「流水」二曲，得打柴人鍾子期知音之典故。

〔四〕虛牝：義為空殼，比喻無用之地。

六

大明寺裏菩薩，不聽和尚念經。

他是千眼觀世音，要着耳朵何用？

七

不聽背後笑罵，無須當面奉承，
人生貴有自知明，毀譽無足輕重。

八

蘇張巧言遊说〔一〕，奢談合縱連橫，
寡人塞耳不收聽，虧他嘴皮磨損。

【註釋】

〔一〕蘇張：指戰國時縱橫家的代表人物蘇秦和張儀。

九

漢武發棹簫鼓〔一〕，項王叱咤風雲〔二〕，
曹劉坐嘯論英雄〔三〕，許我耳根清淨。

【註釋】

〔一〕漢武帝劉徹《秋風辭》有「簫鼓鳴兮發棹歌」之句。

〔二〕項王：指「西楚霸王」項羽。

〔三〕指漢末曹操與劉備「煮酒論英雄」之事。

十

喇叭千般高調，鑼鼓八面威風。

世事真假懶追尋，躲進小樓一統。

同志〔一〕

慣食唐明飯〔二〕，常為迎澤賓〔三〕。
往來三晉廈〔四〕，起坐梅山廳〔五〕。
會海誠浩渺，文山自嶙峋。
同志安其樂，年年雨露新。

【註釋】

〔一〕此詩作於一九九四年十月。

〔二〕唐明：指太原唐明飯店。

〔三〕迎澤：指太原迎澤賓館。

〔四〕三晉廈：指太原三晉大廈。

〔五〕梅山廳：指山西省政府梅山會議廳。

自況〔一〕

平生多幼稚，老大更糊塗。

常愛潑冷水，慣提不開壺。

【註釋】

〔一〕此詩作於一九九四年十月。

乙亥布筮〔一〕

元旦開筆，新春布筮。
遇蒙之觀，有孚顒若。

【註釋】

〔一〕此詩作於一九九五年春節。

題林鵬著《咸陽宮》〔一〕

林子清才文史通，簪筆直入咸陽宮。

燃犀鉤沉有發現，立論堂皇氣若虹。
敢為呂氏平積謗，逆於舊典不苟同。
文章曠古無憑據，創例貴在開新風。

【註釋】

〔一〕此詩作於一九九五年暮春，為林鵬所著小說《咸陽宮》而題。

楓橋晝立〔一〕

寒山古剎亂鐘鳴，日下楓橋響未停。
無怪遊人輕解囊，青蚨能動佛陀情。

【註釋】

〔一〕此詩作於一九九五年五月二十一日遊蘇州時。

擬楓橋夜泊〔一〕

月落烏啼霜滿地，江楓漁火伴愁睡。
空門弟子苦失眠，夜半鐘聲寒山淚。

【註釋】

〔一〕此詩作於一九九五年五月。

氛圍〔一〕（仿六朝上樑詞體「兒郎偉」）

兒郎偉，拋梁東，比鄰學校十七中。
操練傳聲雷貫耳，喑嗚叱咤麥克風。
兒郎偉，拋梁西，孔聖文廟冷淒淒。
於今權錢烈火熾，歌廳酒肆日風靡。
兒郎偉，拋梁南，老身從容學退庵〔二〕。
高樓遮斷千里目，淨化眼界減負擔。
兒郎偉，拋梁北，伽藍香火煙如織〔三〕。
觀音千手開財源，平教僧陀仰齋食。

兒郎偉，拋梁上，星空漫被烏煙障。

夜來無計讀天章〔四〕，從使老夫氣凋喪。

兒郎偉，拋梁下，疲足駑駘得稅駕〔五〕。

易遁示我寡交遊〔六〕，閉門補課學文化。

【註釋】

〔一〕此詩作於一九九六年春。作者在詩中以無奈和調侃的口氣，描述了他住所周圍的庸俗與喧囂。該詩是作者心境的寫照，也是對當下社會現實的諷刺。

〔二〕此句一作「容膝幽居學易安」。我國歷史上宋、明、清三代，許多隱退絕俗之士，皆喜用「退庵」作為字號或齋名，如宋代吳淵、明代金幼孜、清代梁章鉅等。

〔三〕伽藍：梵語僧伽藍摩的略稱，原指僧衆所居之園林，然一般用以稱僧侶所居之寺院、堂舍。

〔四〕天章：指星象。由於環境污染，先生無法夜觀星象。

〔五〕駑駘：指劣馬，自謙喻為庸才。稅駕：猶言解駕、停車，意為休息、退休。稅，通「脱」。

〔六〕易遁：指《易經》之遁卦。

為思泊先生誕辰一百周年學術研討會作〔一〕

于老贍博，風雅我師。
學凌倉籀，經史貫之。
馳突殷契，剔剥駢枝〔二〕。
商周金文，捃不遐遺。
澤螺之居，雙劍之簃〔三〕。

唯吾高仰，爰樹晷儀。

【註釋】

〔一〕此詩一九九六年九月發表於《于省吾教授百年誕辰紀念文集》。于省吾，字思泊，著名歷史學家、古文字學家，生前為吉林大學教授。

〔二〕駢枝：比喻多餘的，不必要的。于先生撰有《雙劍誃殷契駢枝》、《雙劍誃殷契駢枝續編》、《雙劍誃殷契駢枝三編》。

〔三〕于先生齋名澤螺居、雙劍誃。

難老泉聲〔一〕

吁嗟難老泉，終古流傳美。

於今汩汩聲，翻為人工水。

【註釋】

〔一〕此詩作於一九九六年冬。

賀香港回歸並祭小平同志〔一〕

香島回歸日，告成饗鄧公〔二〕。
宏謨托兩制〔三〕，應見九州同。

【註釋】

〔一〕此詩作於一九九七年夏。

〔二〕一九九七年七月一日，中國政府恢復對香港行使主權。鄧小平同志於是年二月十九日逝世。

〔三〕指鄧小平同志提出的「一國兩制」。

贊雙塔寺明植紫牡丹〔一〕

紫光凝瑞，星氣所鍾。
歲運五百，賢者毕夅。

【註釋】

〔一〕此詩作於一九九七年夏。

己卯布筮〔一〕

歲逢己卯，行年八十。
春節昧爽，露蓍布筮。
遇震之豫，曰：「震來虩虩，後笑言啞啞，吉」。

【註釋】

〔一〕此詩作於一九九九年元旦。

兔年〔一〕（竹枝詩）

人人都説兔年好，兔年轉使人煩惱。
奈何饞風煞不停，饞兔慣吃窩邊草。

【註釋】

〔一〕此詩作於一九九九年（己卯）三月九日。余有一瓷盤，中間底部畫一白色兔子正在吃草。此詩專為此而題，並用楷體小字書其上。此前上面只題寫「此君慣吃窩邊草」一句。

二堆骨相〔一〕

酬降大

二堆骨相淡無奇，降大詼諧我滑稽。
順非記醜揭冤案，商討血債向仲尼。

【註釋】

〔一〕此詩作於一九九九年五月十三日。降大有壽余詩，首句云：「二堆老人骨相奇。」

建國五十周年感作

建國周年五十，老身行年八十。
世紀盈年雙十，此生活得扎實。

生活篇·八十自敍（一）

少小孤哀，形影相弔。
一生苦難，靡所言告。
若云作官，不是材料。

或云發財，不知門道。
臭九聲華，難得哭笑。
歲月煎熬，身心衰老。
老景如何？幸能溫飽。
知足常樂，明霞晚照。

【註釋】

〔一〕此詩作於一九九九年十一月十四日。

溜體自嘲〔一〕

名實難副，招人嗤笑。

世界名人，山西土豹。

【註釋】

〔一〕此詩作於一九九九年十一月十七日。

以古樂府五雜俎詞體用古今韻通轉例擬作十首〔一〕

五雜俎，難為家。往復還，出無車。不獲已，投木瓜。

五雜俎，路盤陀。往復還，風飛沙。不獲已，奈其何。

五雜俎，石壕村。往復還，吏捉人。不獲已，出門看。

五雜俎，運交泰。往復還，傾華蓋。不獲已，揖降大。

五雜俎，逐陽和。往復還，踐落華。不獲已，苦咨嗟。

五雜俎，商羊舞。往復還，木葉下。不獲已，號寒苦。

五雜俎，相如病。往復還，藥難應。不獲已，隨天命。

五雜俎，華亭鶴。往復還，音聞絕。不獲已，修索寞。

五雜俎，峨眉月。往復還，生死霸。不獲已，秋霜白。

五雜俎，鄴下兒。往復還，趺參差。不獲已，鬢如絲。

【註釋】

〔一〕此詩作於二〇〇〇年冬。五雜俎，亦作「五雜組」，古樂府名，三言六句，以首句名篇。其詞曰：「五雜俎，岡頭草。往復還，車馬道。不獲已，人將老。」後人仿其作，成為詩體的一種。

汾汻宿舍銘〔一〕

斗室三間，渾沌一片。
鍋碗瓢盆，油鹽米麵。
斷簡殘篇，紙墨筆硯。
閉門埽軌〔二〕，樂居無倦。
主人誰何，淳于曼倩〔三〕。
金紫文章〔四〕，蒙不筱辯〔五〕。

【註釋】

〔一〕此詩作於二〇〇一年六月。

〔二〕閉門埽軌：指杜絶賓客，不與往來。

〔三〕淳于髡，戰國時期齊國人，他博聞強記，能言善辯。東方朔，字曼倩，他性格詼諧，言詞敏捷，滑稽多智。

〔四〕金紫文章：指功名利禄。魏晉以後褒獎官員時加金章紫綬者，稱金紫光禄大夫；加銀章紫綬者，稱銀青光禄大夫。唐、宋以後用作散官文階之號。

〔五〕蒙：第一人稱謙詞，今五臺人猶以自稱。筱辯：「小便」之諧音，亦即尿也。

讀司馬溫公《故絳城》詩〔一〕

在冀城地方誌中録司馬光《故絳城》詩一首。詩意甚佳，但結尾二句於史實有乖謬處。余謂司馬溫公為我國史學大家，不應發生此差誤，可能是後人假託名義之作，或為溫公隨手而未推敲史實之故。今信筆以詩記之。

故絳甯有虒祁在，當涉汾澮訪新田〔二〕。
漫將文平渾一事，晉乘間可百年閑〔三〕。

【註釋】

〔一〕此詩作於二〇〇一年夏。溫公，即司馬光。司馬光有《故絳城》詩：「文公恢霸略，征討撫周衰。奕世為盟主，諸侯聽會期。山河表裏在，朝市古今移。欲訪虒祁處，鄉人亦不知。」按：張頷先生此詩一作：「故絳決無虒祁迹，請涉汾澮訪新田。漫把二絳同一處，晉乘斷許百年閑。」

〔二〕故絳為晉文公時的都城。新田為晉景公十五年所遷居的都城，在汾、澮三角地帶。《左傳·成公六年》：「（公元前五八五年，為晉景公十五年）晉人謀去故絳……夏四月丁丑，晉遷於新田。」

〔三〕晉文公在故絳時相當於公元前六三六—前六二八年。文公後經襄公、靈公，景公十五年（公元前五八五年）遷於新田，又經過厲公、悼公、平公。《左傳·昭公八年》：「（公元前五三四年，為晉平公廿四年）晉侯方築虒祁之宮。」如果在晉文公的故絳而欲訪晉平公所築之虒祁宮址，不但地點不對，而且文公、平公之間相差九十餘年，不能相與並提，所以在故絳是不可能訪得虒祁宮遺址的。晉國之史稱為「乘」。

馬年贊〔一〕

歲紀常逢馬，憾無伯樂年。
漢皇求龍種，來自渥窪泉〔二〕。
深厭拍髀股〔三〕，不耐習鞍韉。
騰躍本天性，誰能得挽牽？

【註釋】

〔一〕此詩作於壬午（二〇〇二年）二月五日。

〔二〕《漢書·武帝紀》：「(元鼎四年）秋，馬生渥窪水中。」渥窪：水名，在今甘肅省安西縣，傳説為產神馬之地。

〔三〕《説文解字》云：「髀，股也。」又云：「股，髀也。」髀：即大腿，也指股骨。

思壽平先生〔一〕

豢龍之氏晉之史〔二〕，宗脈綿綿垂無紀。
曩昔書畫領風騷，北苑華亭俱往矣〔三〕。
當今丹青大師行，屈指洪洞董夫子。
龍虎風雲動管城，花雨繽紛滿側理〔四〕。

樂和清徵夾清商，馨若杜衡雜芳芷〔五〕。
吾見賢能思景行，每接崇隆恒仰止。

【註釋】

〔一〕此詩作於二〇〇二年三月。董壽平，山西洪洞人，著名畫家、書法家。

〔二〕《新唐書·宰相世系表》載：「董出自姬姓。黃帝裔孫有叔安，生董父，舜賜董氏。」董父為帝舜馴養龍，被舜賜姓為董，任為豢龍氏，即董氏始祖。另據史載，春秋時周大夫辛有之子在晉國主管晉之典籍，因其職責是「董督晉史」，故稱為董氏。

〔三〕北苑，指董源，五代南唐畫家，事南唐主李璟時任北苑副使，故又稱「董北苑」。華亭指董其昌，華亭（今上海松江）人，明代著名書法家、畫家。

〔四〕管城，指毛筆；側理，指紙。

〔五〕中國古代的五音，即宮、商、角、徵、羽。商、徵是五音中的清明之音。「杜衡」亦作「杜蘅」，文學作品中常用以比喻君子、賢人。

題《檮杌圖》〔一〕

閻羅殿堂，陰風凄厲。
鬼怪妖魔，群聚族類。
作威作福，為災為祟。
權操生死，錢通天地。
蠹蝕家國，事牽興替。
圖此檮杌，警鑒陽世。

【註釋】

〔一〕一九九二年二月四日，手繪《檮杌圖》，此詩為二〇〇二年春所題。又一版本為：「城隍殿堂，陰風淒厲。馬面牛頭，判官小鬼。魑魅魍魎，各負氣勢。錢使鬼神，權操生死。圖此檮杌，明鑒陽世。對號入座，廣招同類。壬申作圖，壬午題字。懸諸齋壁，辟邪遠祟。」

錫永先達百壽紀念〔一〕

少從金石煥文光〔二〕，得意春風躋二堂〔三〕。
君子來歆犀甲壽〔四〕，三商世業許蕃昌〔五〕。

【註釋】

〔一〕二〇〇二年七月，此詩發表於《古文字研究》（第二十四輯）。商承祚，字錫永，古文字學家，生前為中山大學教授。

〔二〕商先生少年時曾著《殷虛文字類編》。王國維先生在為其所作序言中云：「今世弱冠治古文字學者，余所見得四人焉：曰嘉興唐立庵蘭，曰東莞容希白庚，曰膠州柯純卿昌濟，曰番禺商錫永承祚」。

〔三〕先生為羅振玉雪堂之受業學生，又得王國維觀堂之提攜。

〔四〕《考工記》載：「犀甲壽百年。」

〔五〕先生之先考為史學名流、清末探花商衍鎏先生，先生之公子為中山大學人類學系商志教授。蕃昌：蕃衍昌盛。

自題須灰泥塑像

二〇〇二年十一月，稷山梁紅志同志送來為我所塑之須灰泥一軀，茲以詩誌之。

汾澮稷山有藝人，為余塑像頗傳神。

須灰埏埴渾元氣，髮末蕭疏耄耋翁。

補地工程（二）

我家宿舍地面所鋪之地板革歷有年所，破爛不堪。接縫開裂，翹起者多，行走不便。余遂用五公分寬的膠帶紙補貼有十六處之多。雖然不太雅觀，但「惟吾德馨」，自我感覺非常良好。爰順口以溜曰：

「女媧煉石補天」，余今剪紙補地。
平生一大發明，準備申請專利。

【註釋】

〔一〕此詩作於二〇〇三年六月二十三日。

懷念健民同志〔一〕

底柱搴英，濩澤效靈。
於兹川岳，降吾友生。
秉性方直，處世率真。
君子風範，昭樹典型。

【註釋】

〔一〕二〇〇三年三月，為《陽城文史資料》第十三輯——張健民同志紀念專輯

《崢嶸歲月》題詩。張健民，山西省陽城縣原縣委書記，曾任山西省委統戰部秘書長。

敬賀姚老九秩榮慶（二）

夫子何為？德業巍巍。
絳帳垂教，桃李芳菲。
三晉黌宇，深得指歸。
河汾人瑞，仁壽毋違。
姚公丕顯，灼灼明暉。

【註釋】

〔一〕此詩乃二〇〇三年八月十五日，為祝賀姚奠中先生九十華誕而作。姚奠中，別署丁中、樗廬，山西稷山人。著名學者、書法家，為山西大學教授，山西省書協名譽主席，曾任山西省政協副主席。

八十七歲忝膺「大家」徽號有感〔一〕

小學文憑枯朽材，萋萋皓首不堪回。
阿家自是窮措大，填補河汾搕撜堆〔二〕。

【註釋】

〔一〕二〇〇六年元旦，中央電視臺《大家》欄目首播專訪節目《張頷・生命的盟書》。一月三日，作此詩。

〔二〕搕擸：垃圾。

為《中國家庭基本藏書》（修訂版）題詞〔一〕

高文典籍，傳家瑰寶。

藏用同功，永垂華藻。

【註釋】

〔一〕此詩作於二〇〇七年，為三晉出版社大型叢書《中國家庭基本藏書》而作。

題趙國柱書《心經長卷》〔一〕

棟樑其材，松柏其姿。
功建報業，精進趨時。
揮毫染翰，大筆淋漓。
心經長卷，佛典珠璣。
懷惟般若，智慧來滋。

【註釋】

〔一〕此詩作於二〇〇九年十二月。

九十自叙

有書治朁，無病是僊。
年逾九十，燕處超然。

敬賀姚老百壽榮慶

籌添海屋，克躋期頤。
河清人瑞，令德永熙。

答友人問

界限一縷似遊絲，蒼狗白雲多幻姿。
美人琵琶迷絕塞〔一〕，將軍驊騮失雷池。
匠師草草費繩墨〔二〕，辯士滔滔飾壯辭。
不才駑駘多俗步，愧無華藻釋君疑。

【註釋】

〔一〕美人琵琶迷絕塞：指「昭君出塞」之史實。王昭君，名嬙，字昭君，善彈琵琶，原為漢宮宮女，匈奴呼韓邪單于向漢元帝請求和親。王昭君聽說後請求出塞和親，她到匈奴後，為漢匈友好做出了貢獻。

〔二〕《詩·小雅·巷伯》：「勞人草草。」

綿山贊

綿山終古，介邑韞靈。
人文芸若，永葆斯馨。

為某人擬蔣士銓《臨川夢》出場詩意〔二〕

裝點門楣臭架子，附庸風雅慣塗鴉。
鑽營有術善舔痔，學力無工喜自誇。
穿鑿詩文弄鸚舌，矯揉筆墨混煙霞。

翩翩得意雲中鶴，飛去飛來首長家。

【註釋】

〔一〕蔣士銓，清代詩人、戲曲家。《臨川夢》為其創作之劇目。

水既生同志喬遷新居雅會

神工難奪水生鍥，天馬不羈林子書。
李老丹青驚四座，我能仰酒俯盤魚。

題張澍文《墨竹》

汾州澍文善畫竹，落筆琅玕滿篇幅。
疊个破个合精神，八字乙字明節目。

花貓

吾家花狸猛於虎，上仰蒼鷹下逼鼠。
唯有潛德善睦鄰，能與雞雛交相處。

題與林鵬、降大三人照

林君降大長甘，興來促膝清談。
難得相投臭味，故爾對影成三。

題明代賀蘭山石硯

賀蘭鎮寧夏，山色如駁馬。
取石精琢磨，神工得風雅。
為硯澤而堅，端歙可淩駕。

世公有高誼，貽我金城下。

山東聊城傅斯年先生陳列館

天若無文化，文星不在天。
地若無文化，何有傅斯年？

【按語】先生是我國新文化運動之先導。

讀「李白斗酒詩百篇」作

我飲一壺酒，能來半首詩。
推敲再復再，拙劣難成辭。

邪門圖

壬申春節裏，聊作隨感圖。
不信新社會，能容此狼扈。

無　題

汾并風沙漫，華亭魚雁疏。
中夜有驚夢，起作數行書。

春節遊藝會作

今日嘉會，雅興彌多。
婆娑人影，檀板高歌。

琳琅四壁，飛舞蛟鼉。
春風來早，潤色吟哦。

贊衛老〔一〕

先生之德，醇若珪璧。
先生之學，貫穿經籍。
先生之筆，揮毫斤斲。
河東碩望，永著翰墨。

【註釋】

〔一〕衛俊秀，字子英，山西襄汾人。著名學者、書法家，生前為陝西師範大學教授。

《東園公記》讀後

東園之公，茂林有鵬。
健於談論，勤於著文。
思維虎路，筆底龍騰。
唯吾高大，直諒多聞。

為衛老子英先生所書「書城有樂」四字作贊

河東衛氏，翰墨淵藪。

先生書樂，得天之厚。

汾酒贊詞

呂梁嵯峨，有酒如河。
千秋萬歲，永為揚波。

題林鵬兄書卷

壯哉友朋，筆墨飛騰。

無羈天馬，氣勢若虹。

無題

眼不見，為淨。
耳不聞，清靜。
得養天和，陶然作聖。
既壽且康，惟斯祝頌。

聯語

一

嘉賓樂三位，

清液酣五糧。

【附言】余六十歲時，約朋友李之光、林鵬、水既生三人來小舍飲「五糧液」酒，書此欲以記事也。

二

風藻無窮，帖愛寶賢花愛紫；

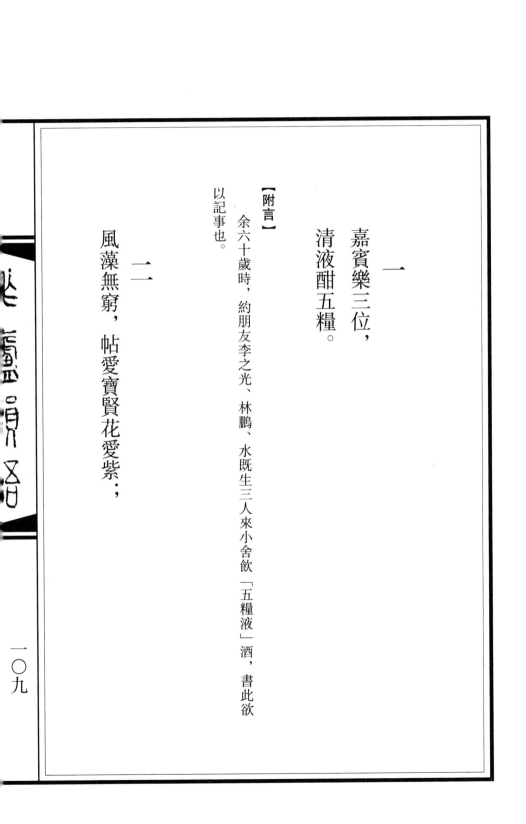

因緣有會，寺求永祚塔求雙。

【說明】此聯乃一九八七年三月，為太原雙塔寺擬聯。雙塔寺又名永祚寺，寺內有珍貴的明刻《寶賢堂集古法帖》及明植紫牡丹。

三

書院仰林宗，有道遺風能光大；
育才興鄉學，折巾霖雨見典型。

【說明】此聯乃一九八九年三月，為介休林宗書院擬聯。有道，指郭泰，字林宗，人稱有道先生，山西介休人，東漢末太學生首領。他離開漢都時，有很多人送他，在船上郭泰的頭巾被雨淋得折了下來，於是全國的知識份子都效仿他戴「折角巾」。他不慕高爵，樂與士人為伍，被世人視為楷模。建寧二年（一六九年）病歿於家，時年四十一歲。

四

涅水銅鞮，鍾靈毓秀；

貞珉石契，集瑞搴英。

【說明】

此聯乃一九九〇年春，為山西沁縣南涅水石刻館擬聯。

五

鑿石穿空，氣象萬千開紫閣；
漫山起勢，形藏九五應天龍。

【說明】
此聯乃一九九一年七月，遊太原天龍山時為天龍山漫山閣擬聯。

六

迎客樂遊，且看香林絕俗；
消人煩惱，方知佛性多情。

【說明】此聯乃一九九一年，為山西新絳縣龍興寺擬聯之一。

七

塔起青煙，神傳茫渺；
碑存碧落，名重古今。

【說明】此聯乃一九九一年，為山西新絳縣龍興寺擬聯之二。該寺之龍興塔，遠看塔頂宛如騰煙。寺中藏有珍貴的《碧落碑》。

八

柳永三變，辭華益麗；
枚乘七發，諫喻彌深。

【說明】
此聯乃一九九二年春，為《山西法制報》記者馬柳枚同志擬聯。

九

維武維文，千秋功勳軍師業；
載槍載筆，一代風流儒將身。

【說明】

此聯乃一九九二年五月二十八日，替山西省為原山西省軍分區司令部參謀長、山西省書法家協會副主席李之光同志所擬挽聯。

十

跨鶴升仙，惟虛惟幻，但思其祖考來格；

穿雲浮海，溯本溯元，所願在華胄有歸。

【說明】

此聯乃一九九三年三月二十日，為晉祠晉溪書院廊廡擬聯。

十一

子晉導仁風，千秋訓迪壅川諫；
河汾綿德澤，百世繁昌鈒鏤家。

【說明】

此聯乃一九九三年三月二十日，為晉祠晉溪書院王子喬殿擬聯。王子喬，即周靈王太子晉。「王子晉諫壅川」事，見《國語·周語》。《國史補》載，世稱太原王氏為「鈒鏤王家」。

十二

潰痤一乘，舐痔五乘；

承顏三分，得意十分。

【說明】此聯乃一九九三年所擬。《莊子·雜篇·列禦寇》第三十二：「秦王有疾召醫，破癰潰痤者，得車一乘；舐痔者，得車五乘。」

十三

精藝在敏求，千般品物來情趣；
周思托濃縮，萬象形容入盎盂。

【說明】此聯乃一九九四年一月，為太原迎澤公園盆景堂擬聯之一。

十四

小處著眼，大處著意；

近于風化，遠於風塵。

【說明】此聯乃一九九四年一月，為太原迎澤公園盆景堂擬聯之二。

十五

廣收品物陳佳趣，

濃縮山川入盞盂。

【說明】
此聯乃一九九四年一月，為太原迎澤公園盆景堂擬聯之三。

十六

開書肆播德啟智，
通古籍溫故知新。

【說明】
此聯乃二〇〇三年八月，為太原古籍書店擬聯。

十七

真武玄天，古廟奉紫垣北極；

梁山骨脊，孟門傳禹跡神功。

【說明】

此聯乃二〇〇三年十二月三十一日，為呂梁離石骨脊山真武廟擬聯。

十八

胡服武靈變，

盧溝曉月明。

【說明】

此聯乃二〇〇四年十月四日，為葫蘆軒擬聯。趙武靈王為了振興趙國，變革了中原傳統的輿服制度和作戰形式，在全國推行「胡服騎射」政策，使趙國得以強盛。

十九

立秋當七月，
大火流坤維。

【說明】

此聯乃二〇〇五年七月，據「七月流火」之義擬聯。

二十

余觀鄧石如所書長聯，其辭為：「滄海日，赤城霞，峨眉雪，巫峽雲，洞庭月，彭蠡煙，瀟湘雨，武夷峰，廬山瀑布，合宇宙奇觀繪吾齋壁；少陵詩，摩詰畫，左傳文，馬遷史，薛濤箋，右軍帖，南華經，相如賦，屈子離騷，收古今絕藝置我山窗」

云云。辭中有「馬遷史」句甚不類。茲仿原長聯格调，囿於選辭，未計平仄，效「馬遷史」斷頭之句，戲為此聯曰：

馬遷史，葛亮表，陽詢帖，希金詩，暹恭槩，破侖戰刀，爾基小說，匯中外古今文事武備，遮羅一室；

根廷肉，拿大麥，拉克棗，律賓椰，洛哥桔，尼斯橄欖，哥拉甘蔗，選東西南北佳餚美味，吃遍全球。

二十一

東抄西借，隔靴搔癢切題少；

北調南腔，無病呻吟應酬多。

二十二

鼉鼓傳聲，薄言吟詠；
觸胸放墨，得勢揮毫。

二十三

稍開小軒，疏通佳氣；
可合大雅，得領風騷。

【說明】
此聯乃為「稍可軒」字畫店擬聯。

二十四

流沙墜簡，考釋三卷；
侯馬盟書，類釋五章。

【附言】

上聯言羅王二堂巨著，下聯配老朽拙著，但求對仗之偶合，敢避攀附之嫌。

二十五

勒字於金，著文於石；
星辰在掌，易象在胸。

二十六

北斗南箕，虛名無實；

殘篇斷簡，遇合有緣。

二十七

從玉從里，形聲有晦；

曰囧曰日，字義難明。

【附言】

傅山文以為，理字從玉從理；又以囧为日，云來者囧親，去者日疏。

二十八

天增歲月，人增年壽；

春滿乾坤，福滿後門。

二十九

上黨從來天下脊，

高門永鎮太行巔。

【說明】

此聯乃為長治市上黨門擬聯。

三十

友聲嚶矣相彼鳥，
顧念迢遞有伊人。

【說明】

此聯為贈語言文字學家、香港大學教授黃六平先生之聯。《詩·小雅·伐木》：「伐木丁丁，鳥鳴嚶嚶。出自幽谷，遷於喬木。嚶其鳴矣，求其友聲。相彼鳥矣，猶求友聲；矧伊人矣，不求友生？神之聽之，終和且平。」

三十一

得視泉湧知懸甕，
不食鮆魚妄解騷。

【附言】

余以為懸甕之名不在山而在水，云其水勢之大若甕之倒懸。喻水之辭有「瓢潑」、「傾盆」、「覆甌」云云。《山海經·北山經》：「縣雍之山……晉水出焉……其中多鮆魚……食之不驕。」郭璞註：「（驕）或作騷，騷臭也。」郝懿行云：「俗名狐騷也。」

頷按：郭釋為騷是也，指魚腥味若騷；郝解為狐臭則謬也。

三十二

馬齒徒增五十四，
地球白轉兩千三。

【說明】

在「牛棚」挨鬥時，有人斥責先生曰：「沒有你，地球照樣轉」云云。身囚「牛棚」七十九個月有餘，約兩千三百日，自認為其間沒有工作，地球對於自己來說等於白轉了。

三十三

筆墨不求搢紳喜，
聲名羞得狗監知〔一〕。

【註釋】

〔一〕狗監：漢代內官名，主管皇帝的獵犬。《史記·司馬相如列傳》：「蜀人楊得意為狗監，侍上。上讀《子虛賦》而善之曰：『朕獨不得與此人同時哉！』得意曰：『臣邑人司馬相如自言為此賦。』」故司馬相如因狗監而通名於漢武帝。

三十四

乾三惕厲寧無咎，
老九聲華臭有馨。

三十五

信以為真常受騙，
能不介意自寬舒。

三十六

苦心志而降大任，
乘時潮以奔小康。

【說明】
此聯乃為降大任同志擬聯。

三十七

喆人爰饗思岑鼎，
君子其酬舉杜觶。

三十八

終日臨池塗鬼籙，
隨時到處出虛恭。

三十九

將軍更解神識字，
此輩誠如鬼畫符。

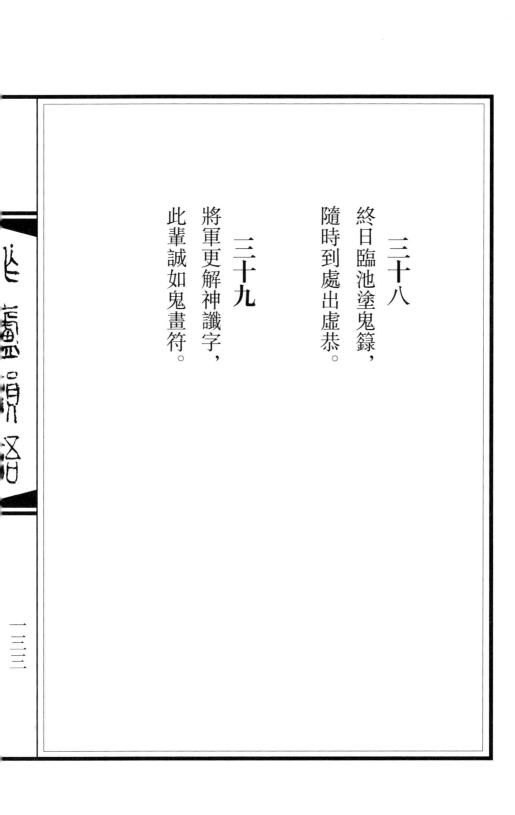

四十

深知自己沒油水，
不給他人添麻煩。

四十一

生編故典招搖撞，
妄自吹擂恬不知。

【說明】

此聯乃戲為「胡八先生」擬聯。

四十二

吾入晉邦之地，
通繹侯馬盟書。

四十三

終日勞動批鬥，
有時測影觀天。

四十四

下筆通古籀，
著文橅商周。

四十五

文章千古事，
浩劫十年身。

四十六

愛寫毛筆字，
喜翻線裝書。

四十七

饞涎三尺水，
食品一條街。

【說明】

此聯乃為太原食品街擬聯。

四十八

不食大鹵面，
徒為太原人。

【附言】

《春秋·昭王元年》：「晉荀吳帥師敗狄於大鹵。」《三傳》則稱，「敗狄於太原。」何休云：「大」音「泰」。《公羊傳》謂：「春秋所稱之大鹵，即太原也。」以上史筆之例見於春秋筆法，所謂地物從中國，地名從主人。頷曰：今之食名與古之地名是否有因？聊供談資。

四十九

往來無權貴，
談笑有寒酸。

五十

身伴汾沙老，
心猶晉水清。

五十一

放意囂塵外，
棲身故紙堆。

五十二

學宗馬列，
術兼乾嘉。

五十三

小泉直一，

大布黃千〔一〕。

【註釋】

〔一〕「小泉直一」、「大布黃千」為王莽時貨幣「六泉十布」中的兩種。直、黃分別是「值」、「橫」之義。

五十四

虛舟不繫，

晉水安流。

附录

新田序

汾澮之水，載覆惟警。新田懸照，鑒古明今。貪戾者敗，得民者興。數典懷祖，審辨濁清。

今名市曰侯馬，古晉都之新田。土厚水深，樂膏腴之沃壤；汾澮流惡，錫烝民以康年。善矣哉！韓獻選勝之讜論也。

唐晉肇基，惟初在昔，偏侯土小，大國居側。地方百里，既隘且偪。夏政戎索，惶惶終日。斯時也，欲弘恢疆宇，寔難致其力焉。其間雖有文侯扶掖天子東轍之功，蓋圭瓚、錫命，儀禮而已。日月其逝，侯緡衰微，遂見滅於庶宗曲沃。詭諸蒞政，唯暴唯虐，剗滅同姓，慘戮公族，顧一代之凶煞者也。

大哉文重，魁然特起。被廬之蒐，振三軍而揚其神武，修禮法而正其民心。城濮之役，踐土之盟，赫赫烜烜，遽成霸業。「率諸侯，獎王室，綏四方，惠中國。」功績巍然，是以載籍稱頌之音肸向於華夏。

景公孺者，顧亦名世之君也。更掀元侯之大纛，展盟主之英風，治兵於稷，經略狄土。揮軍太行，植黎翦潞。於是赤狄諸部所居盡入晉之圖幅焉，爰整其旅，戈矛東指，鞌之戰也，臨淄之不墮，寔齊邦之幸已。

星移物換，朝市屢遷。晉人更圖喬徙而「謀去故絳」，遂卜宅新田以為京師焉。經之營之，磐基安之，於時四海歸心，聲望益著。厲、悼之際，楚客紛至，得材善用而弗疑也。屈巫、賁皇，裂土以封，推心置腹，倚為謀主。於是乎有鄢陵之捷，蕩楚師若摧枯朽焉。「南國蹶，射其元王中厥目」，雖為筮家之言，殆亦記實之詞也。厲公州蒲為政，失守持之道。恣驕泰，疏勳臣，親外嬖，不恤災危，多殺不辜，以致臣民恚怨，終招奴弒。此乃新田晉史中之一段劣跡也。

悼公即位，霸業復興，銳意鼎革，煥發新機。用魏絳之鴻謀「綏戎以德」，得以「四鄰安謐，諸侯遠懷」。乘車之盟，兵車之會，幾不暇給。故能「八年之中，九合諸侯」。內之，則政教齊俗，庶績鹹熙。「舉不失選，官不易方，庶民力耕，商工皂隸，不知遷業。」龍虎風雲，盛極一時。後孟子有「晉國天下莫強」之譽，厥意豈在茲乎？

平公嗣位，政綱陵遲，肆貪逐利，賄賂公行，「諸侯不聞其令德，而聞幣重」。吳季札評曰：「君侈，大夫貪，晉君將失政矣。」所幸晉祚未竭，元首雖昧，股肱不虧，尚有二三賢良守舊業，密勿從事，聊以支撐。此時為史筆所稱道者，僅有荀林父創以步卒敗群狄於太原諸端猶可傳述者。但審察全晉之敗局，不待蓍龜而可知之矣。大夫叔向綜述晉政云：「宮室滋侈，道殣相望，民聞公命，如逃寇仇」；「虒祁宮成，諸侯叛之」；《詩·板》：「多將熇熇，不可救藥」，此之謂也。

迄於昭、頃之際，雖尚有納王、伐戎、城汝濱鑄刑鼎之舉，殆亦強弩之末，瑣尾流離而已。嗣後，政落私門，公室罷敝。卿大夫之間，互為齧噬。盟詛孳彰，兵戎相見，國無寧日矣。先由六卿擅政，進而四卿專權，終於魏、韓、趙三家剖裂其地。煙滅灰飛，晉祀遂絕。

紛披晉乘，探究往史，大端犖犖，略涉瑕玼。新田傾圮，瓦礫遺址。唯今侯馬，創建新市。地覆天翻，昨非今是。歆歟小康，烝民福祉。

二〇〇四年五月十日

後記

十五年前，我開始留心整理父親的詩詞文稿。二〇一〇年起，我在家照顧父親的生活起居，有條件將這些堆積如山的文稿慢慢打印出來，編成這本冊子。

父親是研究古文字的，但從小就喜歡詩詞對聯。十六七歲高小畢業時，在郭遠峰先生教導下練習寫詩、填詞、編對聯、撰寫壽文和祭文。用父親的話說：「一生中遇到動情於衷時，偶爾寫一點舊詩或擬點對聯，但不屬於應酬，都是出於內心的什雜或心血來潮所為。」父親平生視詩詞為「餘事」，只是「言志」而已。我們通過閱讀這些詩文，可以品味他滄桑厚重而又甘醇有趣的心路歷程，或許會給我們的生活增添一些感動吧。

在編輯《作廬韻語》的過程中，降大任、韓石山先生通讀審閱，高智、賀方同志協助註釋，付出了艱辛的勞動。更承蒙鄭欣淼、降大任先生作序，三晉出版社張繼紅社長及艾明先生對於書的出版給予大力支持，在此謹致謝忱！

張小榮

二〇一三年元旦

圖書在版編目(CIP)數據

作廬韻語/張頷著. —太原:三晉出版社,2013.1

ISBN 978-7-5457-0698-7

Ⅰ. ①作… Ⅱ. ①張… Ⅲ. ①詩集—中國—當代 Ⅳ. ①I227

中國版本圖書館 CIP 數據核字(2013)第 014841 號

作廬韻語

著　　者/張　頷
責任編輯/任俊芳
責任印製/李佳音
出 版 者/山西出版傳媒集團·三晉出版社
（原山西古籍出版社）
地　　址/太原市建設南路 21 號
郵　　編/030012
電　　話/0351-4922268（發行中心）
0351-4956036（綜合辦）
0351-4922203（印製部）
E-mail /sj@sxpmg.com
網　　址/http://sjs.sxpmg.com
經 銷 者/新華書店
承 印 者/太原市力成印刷有限公司
開　　本/787mm× 1092mm 1/16
印　　張/10.75
字　　數/100 千字
印　　數/1-2000 冊
版　　次/2013 年 4 月 第 1 版
印　　次/2013 年 4 月 第 1 次印刷
書　　號/ISBN 978-7-5457-0698-7
定　　價/32.00 圓